LES VAGABONDES

Poésies Américaines

PAR

CAMILLE THIERRY

Tous vos rêves dorés, je ne les rêve pas ;
Vous demandez des jours, j'appelle le trépas !..

C. O. DUGUÉ.

PARIS
E. LEMERRE, ÉDITEUR.

BORDEAUX
DE LAPORTE, ÉDITEUR.

1874

LES
VAGABONDES

Poésies Américaines

PAR

CAMILLE THIERRY

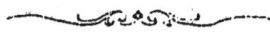

Tous vos rêves dorés, je ne les rêve pas :
Vous demandez des jours, j'appelle le trépas !...

c. o. duqué.

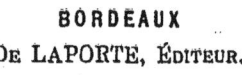

PARIS
E. LEMERRE, Éditeur.

BORDEAUX
De LAPORTE, Éditeur.

1874

Note de l'éditeur

L'auteur écrivait ces pages il y a déjà longtemps, et écrtes il ne songea point à les faire imprimer, car ce n'était pour lui qu'un agréable passe-temps que tous les poètes comprendront.

Depuis quelques années il vit retiré, loin du bruit et loin du monde. Si parfois un souvenir lointain vient agiter le calme de son existence, ce sont ses amis qui lui rappellent les beaux jours d'autrefois. Haricot, Mariquita ne sont plus; la jeunesse d'alors est l'âge mûr d'aujourd'hui, mais on se souvient. Les amis de M. Thierry se sont souvenus, et demandent, en chœur, ces charmantes poésies qu'il composait avec tant de facilité.

C'est donc pour eux que M. Thierry s'est décidé à faire imprimer ce livre, et, cédant à mes pressantes sollicitations, il m'a autorisé à en garder quelques exemplaires pour ceux qui ont connu la Nouvelle-Orléans et les personnages dont il est parlé.

NOTICE BIOGRAPHIQUE

SUR

CAMILLE THIERRY

Par l'Auteur des « *Souvenirs de la Louisiane.* »

———◄◦►◄◦►———

Camille Thierry a eu une jeunesse orageuse à cause
de son originalité et de son caractère quelque peu
excentrique, mais il s'est montré toujours d'une volonté
et d'une force morale comme on en trouve peu chez
les hommes de son caractère. Pour notre compte, nous
avons fondé de grandes espérances sur son talent et
son aptitude. Ses poésies sont composées avec un soin
tout particulier ; il a usé de tous les rhythmes avec un
bonheur et une habileté qui déconcerteraient plus d'un
lauréat. Son esprit méditatif et sérieux, joint à une
grande puissance mémorative, est destiné à produire
quelques grandes choses dans un temps donné.

Les poésies de Thierry relèvent la plupart de souvenirs : avec le seul nom d'un personnage connu, lequel
aurait vécu ignoré du monde, Thierry construit un
poème, y sème des épisodes et des détails des plus

intéressants. Son génie a un goût oriental qui s'allie
merveilleusement avec les couleurs tranchées de son
imagination. Sa versification est facile, son vers est
rarement forcé. En même temps qu'il compose, sa
mémoire ramène autour de lui les idées les plus mer-
veilleuses et les plus poétiques.

Maître de lui-même, Thierry n'abuse jamais de ses
souvenirs, ni ne les confond jamais ; au contraire, il les
classe avec discernement et avec goût. Il sait s'arrêter
toujours à temps. Aussi arrive-t-il à la fin de ses pièces
sans jamais exciter la moindre impatience à son lec-
teur : elles finissent toujours à la dernière strophe.
Mais Thierry a beaucoup de coquetterie, il en met dans
tout ce qu'il compose, et avouons ici que chacune de
ses pièces est une œuvre finie dans sa proportion.
Il semble les avoir faites petites pour les rendre
mignonnes et gentilles. Voyez « L'Amante du Cor-
saire. »

L'Amante du Corsaire.

Petit oiseau de mer, toi qui reviens sans doute
    D'un rivage lointain,
Oh ! dis-moi, n'as-tu pas rencontré sur ta route
    Le svelte brigantin ?

N'as-tu pas, fatigué, sur son grand mât qui penche,
    Dormi quelques instants ?
Joué dans son cordage et dans sa voile blanche
    Où murmurent les vents ?

N'as-tu pas entendu cette voix qui m'est chère.
    La voix de mon amant,
Demander à la brise un parfum de la terre
    Pour calmer son tourment ?...

Si j'avais comme toi, pour tenter le voyage,
    Des ailes à mon corps,
Je m'en irais d'ici, comme ce blanc nuage
    Qui passe sur ces bords.

Pour lui parler encor, pour lui dire : Je t'aime !
 J'irais sur l'Océan ;
Pour baiser ses cheveux, j'irais, oui, fût-ce même
 En un jour d'ouragan !...

Car, vois-tu, mon amour est un amour étrange
 Qui n'a rien d'ici-bas ;
Peut-être me vient-il d'un démon ou d'un ange...
 Moi-même ne sais pas !...

Mes frères, sans rougir, disent que je suis folle
 Et s'éloignent de moi ;
Mes sœurs ne veulent plus écouter ma parole...
 J'y pense avec effroi !...

En vain je leur disais : « Je suis votre sœur, grâce ! »
 Sur leurs âmes de fer
Ma parole passait sans laisser plus de trace
 Que tes ailes dans l'air !...

A qui je confierai le secret de ma flamme,
 Dis-moi, petit oiseau ?...
Ma mère qui m'aimait..... dans le ciel a son âme,
 Son corps dans le tombeau !

Petit oiseau de mer, toi qui reviens sans doute
 D'un rivage lointain,
Oh ! dis-moi, n'as-tu pas rencontré sur ta route
 Le svelte brigantin ?

Diane de Poitiers.

Puisque tout chante dans mon âme,
Même la voix des souvenirs,
Toi qui jadis fus grande dame,
Viens, que j'écoute tes soupirs.

Tu dois soupirer pour la terre,
Pour les jours heureux d'autrefois,
Où ta beauté puissante et fière
Ruinait au cœur deux nobles rois.

Dis-moi si le doux mot : Je t'aime !
Tombait riche dans leurs accents ;
Si leurs fronts, ceints du diadème,
Portaient des éclairs rayonnants !...

Oh ! dis-moi toutes les prières
Que chantaient ces rois amoureux,
Et s'ils priaient des nuits entières
Pour un baiser sur tes cheveux !...

Jamais nul amour ne se fane,
L'âme ne sait point oublier :
Tu dois te rappeler, Diane,
Henri Deux et François Premier.

Un jour, si de ton beau rivage
Mes pas errants rayaient le bord,
J'irais faire un pèlerinage
Dans les ruines de Chambord.

J'irais dans ta terre chérie
— Ne fût-ce que pour un instant —
Demander à l'herbe fleurie
La tombe où dort ton cœur aimant.

A l'écho du manoir gothique,
Que réveillait la voix d'un roi,
Je dirais un chant poétique,
Un chant qui serait plein de toi.

A l'heure où mes sœurs les étoiles
Montent à l'horizon sans bruit,
Viens me montrer, comme deux voiles,
Tes ailes blanches dans ma nuit.

Viens ! — Que ce soit rêve ou folie
Qui m'excite à te demander,
J'ai besoin de toi dans ma vie,
J'ai besoin de toi pour t'aimer !!!...

Je désire tant te connaître,
Que j'ai pleuré comme un enfant...
Je ne te verrai point paraître :
Notre âme appartient au néant... (¹)

(¹) Ce n'est qu'une fiction poétique, car je crois à l'immortalité
de l'âme.

L'Incube.

Je vais hâter ma mort ! — Une voix de l'enfer
M'a dit : « Meurs ! ne crains pas la morsure du ver ;
» Tu renaîtras incube, et celle qui t'outrage
» Subira, chaque soir, ta volupté de rage ;
» Chaque soir, tes soupirs, dans l'espace perdus,
» De nul être jamais ne seront entendus ;
» Chaque soir, tes baisers, enfants nés du mystère,
» Lui feront soupirer quelques mots de la terre ;
» Esprit voluptueux, chaque soir tu pourras
» Sans trouble, sans danger, te pâmer dans ses bras !...
Oui ! l'espoir me sourit au delà de la tombe ;
Femme, pour te punir, il faut que je succombe !...
Incube insatiable, en mes brûlants transports,
Sur ta couche j'irai, pour fatiguer ton corps,
L'étreindre, l'épuiser, et lorsqu'il sera grêle,
Qu'il n'aura plus de chair.... ton époux, infidèle
A ses serments, fuira, tout pâle de frayeur,
Le chevet nuptial, en s'écriant : Horreur !!!...
Mais moi j'y resterai, j'y resterai sans crainte,
Car j'aime un cœur souffrant qui laisse aller sa plainte,

Une femme qui n'a pour charmes que des os,
A qui le malotru jette un sale propos ;
Car j'aime, en ma débauche, un estomac qui râle,
Une voix qui s'éteint, une voix sépulcrale ;
Car j'aime que la mort, pour le hideux tombeau,
N'arrache qu'un squelette à mes mains de bourreau !!!'...

Mariquita la Calentura.

Quand tu passais près de l'école,
N'est-il pas vrai que nous allions
Courir après toi, pauvre folle,
Pour te déchirer tes haillons ?
N'est-il pas vrai que ta main pâle,
Après une lutte inégale,
Cherchait au courant des ruisseaux
Tes vêtements mis en lambeaux ?...
Oui, mon enfance vagabonde,
Malgré tes malheurs en ce monde,
Sans pitié te persécuta,
Pauvre, pauvre Mariquita !...
Que m'avais-tu fait, vieille femme ?...
Avais-tu jeté dans mon âme
Les tristesses de l'avenir ?
M'avais-tu dit que mes journées
Seraient de suite abandonnées
Aux maux qui font le plus souffrir ?
M'avais-tu parlé de l'orage ·
Qui, jaloux de mon lendemain,
M'enleva mon doux héritage,
Ma part de fleurs sur le chemin ?...

Tu parlais de l'amant fidèle,
De l'Espagnol qui, chaque soir,
Agrafait sa légère échelle
Aux murs vieillis de ton manoir ;
Lui qui, pour ta bouche sincère,
Pour ta lèvre aux baisers brûlants,
Semait de l'or sur la colère
De ta duègne aux cheveux blancs !...
A travers ta raison débile
Tu revoyais encor Séville !!!
Séville, qui, le soir venu,
Ecoute au loin les sérénades,
Ouvre ses longues promenades
Aux cœurs qui se parlent à nu !...
A travers tes jours de démence
Tu revoyais ton existence
Si fraîche et si riche d'amour,
Tes nuits de guitare et de fêtes,
Les diamants de tes conquêtes,
Tous ces biens perdus sans retour !...

Loin de ta chère Andalousie,
A l'heure où se fermait ta vie
Nul cœur n'a gémi sur ton sort !...
La chouette des cyprières,
Voltigeant sur les cimetières,
Seule, te trouble dans la mort...

Eugène B...

Je suis le malheureux, le suicide Eugène,
Qu'un reproche sanglant auprès de vous ramène ;
Amis, que j'aime encor, pourquoi calomnier
Celui pour qui vos cœurs devraient toujours prier ?...

Pourquoi donc dites-vous, quand j'ai commis le crime,
Que mon pied n'était point sur les bords d'un abîme,
Et que moi, jeune fou, me plaignant de mon sort,
J'ai cru que le bonheur se trouvait dans la mort ?...

Cependant, moi sur qui vous lancez l'anathème,
Ne vous ai-je pas dit en partant : Je vous aime !
Dans ma lettre d'adieu j'ai répété vos noms,
Et ma voix a jeté pour vous les derniers sons !...

Que vous ai-je donc fait ?... — J'erre dans la nuit sombre,
Sans savoir en quel lieu Dieu placera mon ombre,
Sans savoir si le ciel me restera fermé
Toujours, et si de Dieu je ne suis plus aimé !...

2

Quand m'arrive parfois une douce prière,
Quel cœur l'exhale, amis ?... c'est le cœur d'une mère !...
La pauvre femme, hélas ! ne fait point comme vous :
Pour son fils qui n'est plus, elle prie à genoux...

Ma mère n'a point dit, quand, frappé de l'orage,
L'arbre déraciné ne donnait plus d'ombrage :
« Ses rameaux sont épars, que faire de son tronc ?...
» Livrons-le sans regrets au fer du bûcheron ! »

Oh ! soyez donc comme elle !... afin que ma pauvre âme
Puisse voir s'entr'ouvrir le ciel qu'elle réclame ;
Afin que le Très-Haut me dise : « Viens à moi...
» Ta faute est pardonnée, ils ont prié pour toi !... »

Le Suicide.

La vie est un affreux rivage ;
On craint trop d'en quitter le bord :
Frêle esquif battu par l'orage,
Dois-je pâlir devant la mort?...

Je viens presser tes mains. — Promise à la tempête,
Sous ses terribles coups doit se courber ma tête...
Éternité, néant, effroi des faibles cœurs,
Endormez aujourd'hui mes brûlantes douleurs !

Que ton sommeil est doux ! repose, tendre mère,
Demain révélera l'effroyable mystère !...
Moi par qui tes vieux jours devaient tant s'embellir,
Demain j'aurai vingt ans... demain je vais mourir !...

Une larme pourtant de ma paupière tombe ;
Ce n'est pas de l'effroi que me cause la tombe.
Qui peut troubler ainsi ma débile raison,
si ce n'est le regret de mourir sans pardon?...

D'un sort trop rigoureux je deviens la victime !
Pitié pour moi, ma mère ! escorté de mon crime
J'apparaîtrai demain au tribunal de Dieu ;
Là ton fils va t'attendre ; adieu, ma mère, adieu !...

Idées.

Pauvre enfant ! si j'eusse eu, pour me faire connaître,
    Un brillant appareil,
Au travers de la brume aurais-je vu peut-être
    Un rayon du soleil !...

Si j'allais l'implorer en lui disant : « Madame,
    » Mon amour me tuera ;
» Qu'un mot consolateur s'échappe de votre âme,
    » Mon espoir renaîtra ! »

Si j'allais, oublieux comme en un jour de fête,
    Lui dire : « O mes amours !
» Ta voix sera la mienne, et jamais la tempête
    » N'assombrira nos jours ! »

Si j'allais, me jouant des préjugés du monde,
    Comme l'enfant moqueur,
Lui dire : « Femme ! il faut à ma douleur profond
    » Les soupirs de ton cœur ! »

Si j'allais, frêle esquif emporté par l'orage,
    Tourmenté par le flot,
Lui dire : « Sois pour moi le fanal du rivage,
    » Espoir du matelot! »

Si j'allais lui crier : « A quoi sert l'abstinence!
    » L'adultère est un mot
» Qui, dans nos cœurs gâtés, nos cœurs veufs de croyance,
    » Ne trouve plus d'écho !... »

Mais non, je n'irai pas !... car j'ai choisi pour guide
    Et pour soutien.... l'orgueil !...
Mais non, mon désespoir médite un suicide...
    Sombre et dernier écueil !...

Un autre n'eût pas craint de montrer sa misère,
    De subir un affront !...
Mais moi, je ne veux point qu'une bassesse amère
    Fasse rougir mon front !...

J'ai voulu, cœur fiévreux, lui plonger par vengeance
    Un couteau dans le sein...
Mais une voix secrète a dit à ma souffrance :
    « Malheur à l'assassin !... »

Il faut donc sans trembler déployer ta voilure
    A l'ouragan du soir !...
Pour trouer ton esquif le flot toujours murmure...
    Nautonier, plus d'espoir !...

AMÉLIE GIRARDOT

> Que me veux-tu ? un ange planait
> sur mon cœur, et tu l'as effrayé.....
> Viens donc, je te chanterai des chan-
> sons que les esprits des cimetières
> m'ont apprises.
>
> MATHURIN. — BERTRAM.

Amélie Girardot.

A UNE JEUNE FILLE

Quand la chanson fraîche et naïve
Brusquement se laisse emporter
Dans la voix de quelque enfant vive
Ton cœur se tait pour l'écouter ;

Quand l'orgue éclate dans ta rue,
Ton âme, dormant jusqu'alors,
Se réveille et se jette nue
Au milieu de tous ses accords.

Puisque la chanson te fait vivre,
Puisque tu chéris toute voix,
A minuit voudrais-tu me suivre
Sur le chemin où sont les croix ?...

Cela ne tient qu'à toi d'entendre
Une âme qui chante ses maux ;
Pour l'écouter, il faut nous rendre
Là-bas où sont les vieux tombeaux.

C'est l'âme triste d'Amélie,
Qui demande, depuis quinze ans,
Aux bois, aux champs de sa patrie,
Une place pour ses os blancs.

Aux lieux où l'on a bu l'enfance
On aime à bâtir son tombeau,
Surtout lorsqu'on naquit en France
Et qu'on eut Paris pour berceau !...

Tandis que les tombes voisines
Montrent leurs fronts chargés de fleurs,
Sa tombe, couverte d'épines,
Se cache et demande nos pleurs...

Amélie était pourtant reine,
Reine au théâtre d'Orléans ;
Quand son pas mesurait la scène,
Nos fleurs couvraient ses pieds charmants !...

Aurais-tu peur d'un cimetière ?...
Les morts sont moins méchants que nous.
Suis-moi donc ; cède à ma prière ;
Amélie a des chants si doux !...

Jamais voix plus mélodieuse
N'a couru les chemins de l'air :
Tu seras pour mille ans heureuse,
Si tu viens lui ravir un air !...

Parle toujours !

Parle toujours, vierge enfantine ;
Comme une puissance divine,
Arrache de mon cœur saignant
   L'épine,
Et tu verras le pauvre enfant
   Riant !...

Parle toujours, et que l'orage,
Qui va flétrissant mon jeune âge,
S'arrête et porte loin de moi
   Sa rage,
Dès que tu me diras : « A toi,
   » Ma foi ! »

Parle toujours, que ta parole,
Ange aux yeux noirs, ange créole,
Me fasse de ton cœur joyeux
   L'idole,
Et que je voie enfin les cieux
   Tout bleus !...

Parle toujours, j'aime à t'entendre :
Ta douce voix me fait comprendre
Que je dois encore au bonheur
      Prétendre,
Car j'ai, pour chasser le malheur,
      Ton cœur !...

ABD-EL-KADER

Las ! que diray ? cela ne veux nyer :
Vaincu je fuz et rendu prisonnier.
Parmy le camp en tous lieux fuz mené,
Pour me montrer, çà et là pourmené.

(FRANÇOIS Iᵉʳ. *Epitre à Mᵐᵉ d'Eilly.*)

Abd-el-Kader.

On t'a vu, dans tes jours prospères,
Soulever des tribus entières
Contre les bataillons français,
Et dans ta course triomphale
Laver les pieds de ta cavale
Dans le sang que tu répandais !...
On t'a vu, dans tes jours néfastes,
Quand te pressaient les bataillons,
T'enfoncer dans ces déserts vastes
Où Dieu n'a mis que des lions !...
Et là, fatigué, mais sublime,
Chercher dans ta pensée intime
Quelque plan nouveau, surhumain,
Pour la lutte du lendemain !...

Alger, autrefois souveraine,
Autrefois portant le turban,
Autrefois fille du Coran,
A perdu son brun capitaine.

Ton nom toujours rayonnera.
Quand tu combattais ce vil traître,
Que tout musulman flétrira,
Abd-el-Rahman qui voulut être
Le vainqueur de ta deïra,
Tu touchas si bien sa couronne,
Tu fis craquer si fort son trône,
Que ce roi, craignant pour ses jours,
S'écria : « France ! vos secours ! »
Alors une foule empressée
De Français et de Marocains
Contre ta deïra blessée
Levèrent à la fois leurs mains.
Tu résistas. — Mais ton courage
Fut inutile en ce carnage,
Car pour sauver tes fiers enfants,
Que trouaient de longs cimeterres,
Tu dis ces paroles amères,
Ces mots pour toi si déchirants :
« Au peuple français je me rends... »

Alger, autrefois souveraine,
Autrefois portant le turban,
Autrefois fille du Coran,
A perdu son brun capitaine.

Toi que l'Arabe a vu grandir,
Que te font les bords de la Seine ?...
Ruisseau qui ne sait pas gémir
Quand son courant, visible à peine,
Au vaste océan va s'unir !...

Il faut à toi ce fleuve immense,
Il te faut l'Oued-el-Kibir
Qui baigne à demi la Régence
Quand son flot murmure et s'élance !...
Toi, beau cavalier des déserts,
Toi qui foulais les champs ouverts,
Que font à toi Paris, Versailles,
Leurs vieux monuments, leurs murailles,
Leurs clochers si proches des cieux,
Qu'ils semblent parler à la nue
Une langue à nous inconnue ?...
Il faut pour te rendre joyeux
Le croissant dont l'or étincelle
Sur le front des blancs minarets;
Il faut, pour chasser tes regrets,
Le doux bruit que fait la gazelle,
Le chant plaintif du chamelier
Qui trait la féconde chamelle
Sous l'éventail du vert palmier.
Mais ce qu'il faut à ta nature,
Ce qu'il te faut de plus pressant
Pour guérir au cœur ta blessure,
C'est ton soleil éblouissant !...

Alger, autrefois souveraine,
Autrefois portant le turban,
Autrefois fille du Coran,
A perdu son brun capitaine.

Le Délaissé.

Pour aplanir le chemin de la vie,
Pour y jeter de la mousse et des fleurs,
A mes regards une femme jolie
Parut et dit : « Confondons nos deux cœurs !...
Je méprisai la nymphe caressante,
Sans lui parler je l'appris à rougir...
Je ne vois point le regard d'une amante
      Pour me bénir !...

La foi manquait à mon âme fougueuse,
Pour l'adoucir un prêtre vint à moi :
Il me parla de cette vie heureuse
Promise à ceux qui mourront dans la foi ;
Je répondis : « Je ne veux point connaître
» le Dieu pour qui je n'ai pas un soupir !...»
Je n'entends point la parole d'un prêtre
      Pour me bénir !...

J'avais pour guide une mère adorable ;
Mon cœur de tigre, hélas ! la fit périr ;
A mon chevet nul être secourable ;
Je lutte seul au moment de mourir !...
Pour mettre un terme à mes jours de misère,
Auprès de moi la mort vient d'accourir !
Je ne vois point les larmes d'une mère
   Pour me bénir !...

Tullius Saint-Céran.

J'ai longtemps écouté sa lyre ;
Ses chansons, je puis vous les dire ;
Je les abrite sous la fleur
Qui boit les larmes de mon cœur !...

Je n'entraînerai pas ma muse,
Moi qui chante sur le chemin,
Aux pieds de l'homme qui s'amuse
Et qui méprise mon refrain ;
Ma voix n'a jamais d'harmonie
Quand je parle à l'enfant jolie
Qui veut que sur ses pas tremblants
J'éparpille mes compliments ;
Mais quand l'étoile au ciel s'efface,
Je regarde longtemps la place
Où pâlit son dernier rayon ;
On entend ma bouche fidèle
Dire que sa course était belle
Sur les routes de l'horizon !...
Je regarde aussi la demeure
Du barde qui ne sait plus l'heure

Où sa lire parle à l'espoir ;
Qui n'a plus au cerveau de flamme ;
Qui sur les rêves de son âme
Laisse le dégoût seul s'asseoir !

J'ai longtemps écouté sa lyre ;
Ses chansons, je puis vous les dire ;
Je les abrite sous la fleur
Qui boit les larmes de mon cœur !...

Tandis que ton vers étincelle
Dans les salons, sur les chemins,
Tandis que l'écho se rappelle
Le bruit de tes jolis refrains,
Tu crois peut-être qu'on t'oublie,
Que le soleil de ton génie
N'a plus ses rayons dans nos cœurs !...
On peut oublier même un frère,
S'il n'a point fait, dans sa misère,
Soupirer l'orgue des douleurs ;
On oublie un oiseau qui règle
Son vol loin de l'azur des cieux !...
Crois-moi, quand on cherche des yeux
La nue, on se souvient de l'aigle !...
Tullius, je connais les chants
De ta lyre, aujourd'hui muette ;
Et ton baptême de poète
Se trouve en ces cris déchirants :

« Que dis-je ! ô mon amour! l'aile de ma pensée,
» Bien plus rapide encor que le prompt aquilon,
» Pour visiter parfois ton ombre délaissée,
» A travers flots et cieux me transporte au vallon
» Qui borde la colline où ta fosse est creusée!...
» Ainsi, c'est donc en vain que dans mon triste cœur,
» Pour ajouter encore un trait à ma douleur,
» Avec l'éternité, l'Océan te sépare
  » De ton inconsolable époux!
» Au front d'un mont boisé que la nature pare
» De verdoyants gazons et d'ombrages si doux,
  » Repose la femme chérie
  » Qui, dans le désert de la vie,
» M'avait, hélas ! à moi, fatigué pèlerin,
  » Fait trouver sur son sein,
» Avec un doux repos, une douce patrie !

 Toi qui ne crois plus au bonheur,
 J'ai longtemps écouté ta lyre ;
 Tes chansons, je viens de les dire ;
 Je les abrite sous la fleur
 Qui boit les larmes de mon cœur !...

La chanson de l'exilé.

L'exil, ami, je le redoute,
Mais dois-je rester ici?... Non!...
Je pars avant que sur ma route
S'éteigne le dernier rayon!...

Qui peut m'attacher au rivage
Où je ne vis que de regrets?...
Mes chansons, mon sac de voyage,
Puis je vous dirai : « Tout est prêt! »

Pour guider ma barque sans voile,
Pour me nourrir d'un peu d'espoir,
Il me reste encore une étoile,
Une étoile dans un ciel noir!...

Courage! il est une autre rive
Où le bonheur a son réveil,
Où ma gaieté sera plus vive,
Où mes jours auront du soleil!...

Laissant loin de moi l'avalanche,
Je serai calme dans mes nuits;
J'aurai l'arbuste qui se penche
Pour donner ses fleurs et ses fruits.

Là-bas, la brune jeune fille
N'a point de larmes dans ses yeux;
Le soir, dans la verte charmille,
On entend ses chants amoureux!...

Une aile, un souffle de colombe
Pourra m'enlever quelques jours,
Car je n'ai jamais dans la tombe
Jeté mes plus chères amours!...

Oh! oui, quelque image de femme
Viendra flotter sur mon chemin;
Et moi, pour répondre à sa flamme,
Je ne dirai pas : « A demain. »

Déjà le vent d'exil m'emporte;
Déjà mon clocher semble fuir...
L'étranger va m'ouvrir sa porte :
Son seuil, je saurai le franchir...

A ma Muse.

Muse chérie,
Parle à l'enfant
Qui dans la vie
Marche en riant ;
Las du voyage,
Je veux prier
Et m'appuyer
Sur son corsage.
Sans l'effrayer,
Dis-lui que folle
Elle sera,
Que ma parole
La guérira ;
Car, sur mon âme,
Je sais guérir
La jeune femme
Qui dans ma flamme
Jette un soupir.
Pars ! messagère
De mes amours ;
Dis que pour plaire
J'ai mes beaux jours ;

Ouvre ton aile ;
Suis l'étincelle
D'un cœur aimant ;
Mon âme est prête ;
Va ! ne t'arrête
Qu'en la voyant!...

REGRETS D'UNE VIEILLE MULATRESSE

ou

Désespoir de Sanite Fouéron

AIR : *Qu'il va lentement le navire* (de Béranger).

Miré ! Quand mon té Saint-Domingue,
Négresses même té bijoux ;
Blancs layo té semblé seringue,
Yo té collé derrière à nous.
   Dans yon ménage
   Jamain tapage,
L'amour yon blanc, c'était l'adoration !
   Yo pa té chiches,
   Yo té bien riches,
Yon bon bounda té vaut yon bitation !...
Temps-là changé, nous sur la paille,
Nous que z'habitants té fêté...
Avant longtemps yon blanc pété (*)
Va hélé nous canaille !!!

(*) Dénomination que les nègres donnaient aux petits blancs.
(Moreau de Saint-Méry.)

Le général Magloire d'Hoquincou

Lorsque ton chapeau militaire,
Orné de quelques vieux rubans,
Descendait sur tes cheveux blancs,
En moi grandissait un mystère !...
J'interrogeais tes jours absents ;
Je me disais : « Qui sait ? cet homme
» Peut-être avait-il un royaume
» Là-bas, dans le sable africain !...'
» Lui qui n'a pas une province,
» Peut-être était-il un grand prince,
» Prince à qui l'on baisait la main !... »
Car tu me paraissais bien grave,
Car tu n'avais rien de l'esclave,
Quand tu t'éloignais d'un affront !...
Oui, quand s'éloignait ta personne,
Toujours l'ombre d'une couronne
Semblait descendre sur ton front !...
Tu méprisais l'homme vulgaire ;
Tu riais du pauvre Escarpin,
Lorsqu'il s'armait de sa colère,
A l'approche d'un seul gamin !...

C'étaient des luttes à outrance,
Des pleurs, de longs cris de vengeance,
Des propos durs et dégoûtants,
Dès qu'il rencontrait nos enfants !...

J'ai déjà saisi ton histoire,
Mon cœur a déjà pris ton nom ;
Il faut me répondre, Magloire...
Quel chagrin brisa ta raison ?...
Etait-ce un amour de jeunesse ?...
Amour qui passa sur mon cœur
Sans le troubler dans son ivresse,
Sans l'écarter du vrai bonheur !...
Parle ! — Était-ce un doux nom de femme
Qui rendait folle ta pauvre âme,
Qui l'abreuvait de tant d'ennuis ?
Était-ce un démon dans tes nuits ?...
Fatigué de notre Amérique,
Désirais-tu revoir l'Afrique,
Pays où le soleil est clair ?
Désirais-tu revoir la plage ?
Toucher encor le coquillage
Que jette le flot de la mer ?...
Pour te faire oublier tes peines,
Voulais-tu ces étranges scènes
Que l'Africain goûte au désert ?...
Voulais-tu voir dans les broussailles
Un boa montrer ses écailles ?
Un tigre s'y mettre à couvert,

Pour surprendre quelque gazelle.
Qui danse dans l'herbe nouvelle,
Ou sur les chemins sablonneux ?...
Voulais-tu risquer ta personne
Sur la route où va la lionne ?...
L'homme est bizarre dans ses vœux :
Quel sort pouvait te rendre heureux !...

L'Orphelin

A UNE JEUNE FILLE

J'aime à te voir rêver, le soir, sur la pelouse ;
Tu regardes la lune et tu la rends jalouse ;
Ton œil épanoui lui jette, à l'abandon,
L'étincelle de feu qui pâlit le rayon !...
Si tu veux, jeune fille, être encore plus belle,
Laisse égarer les feux de ta vive prunelle
Sur les haillons du pauvre et sur l'étroit chemin
Où, parmi des tombeaux, Dieu plaça l'orphelin !...

Quand, lassé de la route,
Il pleure sur ses maux,
Que ta voix, qu'on écoute,
Lui dise aussi ces mots :
« Voyageur solitaire,
» Exhale une prière,
» Dieu sera ton appui ;
» Un rayon de sa flamme
» Pénétrera ton âme
» Pour en chasser l'ennui.

» Voyageur solitaire,

» Le ciel nous est prospère

» Alors que nous prions :

» Le pauvre qui contemple

» Jésus-Christ dans le temple

» Est beau sous des haillons !... »

La Chouette.

Quand j'ai vu leur bande effroyable,
Et qu'ils juraient de par le diable,
    Ils étaient cent !...
Pour les conduire au cimetière,
Ils ont demandé la sorcière
    Qui boit du sang !...

Ils venaient d'éteindre l'orgie ;
Autour de la table rougie
    Du meilleur vin,
Les brigands choisissaient leurs armes ;
Car il leur faut, ce soir, des larmes,
    Ou du butin !...

L'étoile pâlit dans la brume ;
L'éclair au nuage s'allume ;
    Des cris sur l'eau !...
Fuyant ma demeure sur l'arbre,
Je pends mon aile sur le marbre
    De ton tombeau !...

Les brigands ont triplé leur nombre ;
Ils marchent en riant dans l'ombre ;
    J'entends leur voix !...
Ils parlent de ta sépulture ;
Ils veulent ta blanche parure,
    L'or de tes doigts !...

Leurs pinces font tomber des briques ;
Je vois étinceler des piques
    Dans le brouillard !...
Un des leurs en avant chemine,
Il regarde sa carabine
    Et son poignard !...

Quand leur chef brusquement se montre,
On craint d'aller à sa rencontre :
    Le fossoyeur,
Devant la balle meurtrière,
Se signe et dit bas sa prière,
    Car il a peur !...

Alerte et brave sentinelle,
Je te défendrai, demoiselle,
    Morte à quinze ans !...
Les brigands perdront leur audace,
Quand j'aurai jeté dans l'espace
    Mes cris perçants !...

Multiflora.

J'étais aux jours de mon enfance
Quand tu t'exilas doucement.
Pourquoi faire si longue absence
A celui qui te chérit tant ?

Dis-moi, fleur coquette et gentille,
As-tu choisi, pour lieu d'exil,
Le sein de quelque jeune fille ?
Ton parfum, d'où s'exhale-t-il ?...

Pourquoi sur ta vieille barrière
Ne viens-tu plus t'épanouir ?
Dis, pourquoi ta famille entière
Se cache et craint de refleurir ?...

Est-ce le jasmin demi-pâle
Qui doit toujours te remplacer ?
Est-ce quelque rouge pétale
Qui t'empêche de te montrer ?...

Chasse la peur qui t'environne :
Un enfant, formé dans les cieux,
Veut te poser sur la couronne
Qui cercle son front radieux.

Si tu reparais, fleur vermeille,
Si tu reparais en ce lieu,
Tu parfumeras la corbeille
Que l'ange porte aux pieds de Dieu.

Feuilles et fleurs se font connaître
Quand la neige fuit le printemps :
Qui t'oblige à ne plus paraître?
Pourquoi te cacher si longtemps?...

Multiflora, rose grimpante,
C'est toi que je désire voir;
Viens livrer ta tête charmante
A la rosée, au vent du soir.

A minuit.

Quand mon pied va foulant l'herbe d'un cimetière,
Là-haut que fait la lune ? Où donc est sa lumière ?...
Je voudrais voir tomber quelques pâles rayons
Sur ce chemin bordé de croix et de buissons !...

Si je viens entr'ouvrir mon aile de colombe,
M'égarer, à minuit, où se montre la tombe,
C'est que je me nourris de cet amour réel
Que l'âme prend sur terre et qu'elle emporte au ciel !...

Quand sa main touchera les plis de ma mantille,
Et que sa voix dira : Je t'aime, jeune fille !
Je sentirai courir des flammes sur mon cœur,
J'oublierai s'il m'entraîne à quelque déshonneur !...

Plûtot que de frapper, mon vieux père, à ta porte,
Moi qui parle d'amour, je préfère être morte !...
Mon orgueil ne veut pas que j'aille, à deux genoux,
Obtenir mon pardon d'un vieillard en courroux...

Je ne suis pas l'enfant qui porte un cœur timide ;
Je veux à mes plaisirs mêler le suicide ;
Oui, quand j'aurai vidé mon vase plein d'amour,
Je dirai : Mon ami, c'est notre dernier jour !...

Oh ! oui, je lui dirai : C'est assez de la terre ;
Ayons soin d'escompter nos heures de misère ;
N'attendons pas qu'à nous se montre le remords ;
Notre âme, faisons-la sortir de notre corps !...

Ami, ne laissons pas le dégoût nous atteindre ;
La flamme de nos cœurs dans le sang doit s'éteindre ;
Oui, mourons à l'instant... même il est déjà tard...
J'ai brisé mon corset, pour trouver mon poignard !...

Quand mon pied va foulant l'herbe d'un cimetière,
Là-haut que fait la lune ? Où donc est sa lumière ?
Je voudrais voir tomber quelques pâles rayons
Sur ce chemin bordé de croix et de buissons !...

Reviens.

Depuis le jour où le navire
Te transporta loin de mes yeux,
Depuis ce jour un long délire
Trouble mon esprit amoureux.
Reviens, reviens, ô mon amie !
L'ombre s'en va quand vient le jour ;
Reviens, doux rayon de ma vie,
Reviens briller sur mon amour !...

C'est en vain que sur ma souffrance
La voix d'un ami caressant
Exhale un parfum d'éloquence,
Mon pauvre cœur reste souffrant.
Reviens, reviens, femme jolie !
A d'autres cœurs mon cœur est sourd ;
Reviens, étoile de ma vie,
Reviens, rayonnante d'amour !...

As-tu causé quelques ravages
Parmi tes nombreux soupirants ?
As-tu souri quand leurs visages
Cachaient mal leurs feux délirants ?
Reviens, reviens, je t'en supplie !
Mon bonheur est dans ton retour ;
Reviens, doux soleil de ma vie,
Reviens colorer mon amour !...

Femme déchue.

J'étais pure à quinze ans ! — A ma ville natale
  Je disais mes chansons ;
Puis j'allais écouter le chant que la cigale
  Jette dans les buissons !...

Plus tard, un beau jeune homme aux paroles de flamme
  Vint me dire à genoux,
Qu'il voulait allumer le foyer de mon âme
  Avec des feux bien doux.

Je lui donnai ma vie encor demi-fermée,
  Et pleine de trésors ;
A l'amant qui baisait ma robe parfumée
  Je livrai mon beau corps !...

Soupira-t-il longtemps le vainqueur de mes charmes ?...
  Il fit mourir ses feux
Sans écouter ma voix, sans regarder les larmes
  Qui tombaient de mes yeux !...

Malgré mon déshonneur, je suis encore trop belle
   Pour quitter les plaisirs ;
Il renaît en mon cœur quelque vive étincelle,
   Quelques brûlants désirs !...

Je vois toujours flotter quelque chose, en mon rêve,
   D'inconnu, d'éclatant ;
Je ne puis demander, quand mon soleil se lève,
   La grille d'un couvent !...

J'étais pure à quinze ans ! — A ma ville natale
   Je disais mes chansons ;
Puis j'allais écouter le chant que la cigale
   Jette dans les buissons !...

  Lorsque mon bruyant équipage
  Fait voltiger le coquillage
  Semé dans les creux du chemin,
  Lorsque mes chevaux, blancs d'écume,
  Semblent se baigner dans la brume
  Qui se lève avec le matin,
  Vos femmes de moi sont jalouses !...
  Vos créatures, vos épouses
  Ne peuvent cacher sous leurs traits
  Tout le dépit qui les dévore,
  Lorsque à leurs yeux je laisse éclore
  La richesse de mes attraits !

Oui, quand je fais danser ma joie,
Et qu'un long ruban se déploie
Sur mes cheveux à l'abandon,
J'entends s'élever un murmure;
J'entends les mots de « femme impure »,
Mais jamais le mot de « pardon ! »...
Dans le silence ou le tumulte,
Toujours il me vient quelque insulte ;
Toujours quelques bouches diront
Mes amours et mes nuits de veille....
Qu'importe, — la couleur vermeille
Ne peut plus me monter au front !...

J'étais pure à quinze ans ! — A ma ville natale
Je disais mes chansons ;
Puis j'allais écouter le chant que la cigale
Jette dans les buissons !...

Hôpital.

Mon ami me dira si le lac est tranquille,
    Si l'on rit sur ses bords,
Si la baigneuse a peur lorsque le crocodile
    Ecrase les joncs morts !...

Aux heures de la nuit, sur de blanches coquilles
    Le phaéton roulait ;
Et l'on voyait passer des hommes et des filles
    Que le vice minait !...

L'hôtel où nous allions réveiller le tapage,
    Enrichir nos ébats,
S'est-il enveloppé des fleurs et du feuillage
    De ses plus beaux lilas ?

Se plaint-il doucement lorsque la vague écume
    Et trouble son sommeil ?
N'a-t-il pas oublié de déchirer la brume,
    De sourire au soleil ?...

        Dans le vent, pas un bruit de fêtes ;
        Des jours noirs comme des tempêtes ;
        Des jours où l'on m'entend pleurer !...
        Je dansais si bien dans le vice ;
        L'ombre cachait le précipice
        Où mon pied devait s'arrêter !...

Ici faudra-t-il que je meure ?
Est-ce là l'étrange demeure
Que l'on donne à mes derniers maux ?...
Pas de fresque dans cette salle ;
C'est à peine si ce mur sale
Garde encor sa couleur de chaux.
Sur le devant de ma fenêtre
Je vois quelque chose paraître :
Serait-ce un voile embarrasse
Dans la brise qui l'entortille?...
Non, c'est une infecte guenille,
Le drap qu'un mort nous a laissé!...
Pas une persienne ouverte,
Pour voir dans la campagne verte
Passer cavaliers et chevaux ;
Tout ici m'attriste et me lèse,
Je me sentirais plus à l'aise
Dans l'ombre humide des tombeaux!...
Moi qui vivais dans un sourire,
Moi qui m'enivrais du délire
Que nous laisse la nuit d'un bal ;
Hier encor, femme charmante ;
Aujourd'hui, presque agonisante
Sur le plancher d'un hôpital!...

Mon ami me dira si le lac est tranquille,
Si l'on rit sur ses bords,
Si la baigneuse à peur lorsque le crocodile
Ecrase les joncs morts!...

A Mademoiselle ***

Vous qui me demandez un soupir de mon âme,
Une étincelle de mes feux,
Enfant, je vous dirai qu'un regard de la femme
Est un rayon tombé des cieux !...

Je n'ai point entendu sur les bords du rivage
Pousser un cri plaintif,
Quand ma barque, jouet des flots et de l'orage,
Heurtait chaque récif ;

Je n'ai point entendu le bruit que fait la rame
Du pilote, vainqueur,
Quand vers les naufragés avec courage il rame
Pour calmer leur frayeur ;

Je n'ai point entendu, comme une voix de mère,
Une voix me parler ;
Pour lutter j'étais seul quand grondait le tonnerre...
Seul pour me consoler !...

Vous qui me demandez un soupir de mon âme,
　　Une étincelle de mes feux,
Enfant, je vous dirai qu'un regard de la femme
　　Est un rayon tombé des cieux !...

LA REINE MARGOT

Et elle détacha de son cou un
petit reliquaire d'or soutenu par une
chaîne du même métal. Tiens, dit-
elle, voici une relique que je porte
depuis mon enfance.....

(*La Reine Margot.* — A. Dumas.)

La reine Margot.

As-tu revu ton beau La Mole
Parmi les ombres d'autrefois ?
A-t-il baisé sa chère idole ?
Réponds-moi, fille des Valois !...

Votre amour reste encor sublime ;
Amour dont il fut la victime,
Amour qui lui prit tout son sang...
Qu'importe s'il perdit la vie !...
N'eut-il pas, princesse jolie,
En échange ton cœur puissant ?...
Les attraits de ton beau visage
Ont fait gronder plus d'un orage
Dans le cœur de tes amoureux !
D'Alençon, issu de ta mère,
Oubliant le devoir d'un frère,
Murmura de coupables vœux...
Et lorsque l'heure était venue
De montrer sa vengeance nue,
Il fit un si terrible effort,
Qu'il roula ton dieu dans la mort !...

As-tu revu ton beau La Mole
Parmi les ombres d'autrefois ?
A-t-il baisé sa chère idole ?
Réponds-moi, fille des Valois !...

Tu le sais bien : Cœur d'étincelle,
Si la mort ne l'eût arrêté,
Il eût dormi sous ta prunelle,
Pour ne rêver qu'à ta beauté !...
En vain cette voix à lui chère,
La voix du hardi Coconnas,
Lui disait : Ecoute-moi, frère,
Ton amour te mène au trépas...
Son âme à toi restait fidèle ;
Le doux parfum de ta dentelle
L'enchaînait encore à tes pas !...
Conduit sur la place de Grève,
Il oublia même son Dieu,
Pour te donner son dernier rêve
Dans le bruit d'un dernier adieu !...
Et toi, reine aux riantes formes,
Pour baiser ses restes informes,
Le même jour, dans un caveau,
Tu suivis les pas d'un bourreau...
Reine ! ton amour prit la tête
De celui qui sut tant t'aimer...
Dans les plis d'un manteau de fête
Il l'emporta, pour l'embaumer !...

As-tu revu ton beau La Mole
Parmi les ombres d'autrefois ?
A-t-il baisé sa chère idole ?
Réponds-moi, fille des Valois !...

Toi.

Tu ne murmuras point quand l'heure était venue,
    L'heure de nos adieux...
Tu t'envolas tranquille à travers chaque nue,
    Comme un ange des cieux.

Enfant, nous te suivrons au delà des nuages,
    Où l'âme trouve un port,
Où l'on n'entend jamais le grand bruit des orages,
    Où l'ouragan s'endort !

En ce jour de malheur où ta joyeuse tête
    Se pencha pour mourir,
Ton nom seul nous resta... débris que la tempête
    Laissa pour l'avenir !

Ce nom !... il restera dans l'ombre de mon âme
    Jusqu'à mon dernier jour...
N'est-il pas le reflet d'une brûlante flamme
    Qui me couvrit d'amour ?...

Ce nom, dans le calice où je bois la misère,
Distille un peu de miel,
Ce nom, il est encore un parfum sur la terre...
Quand la fleur est au ciel !...

Clair de la Lune.

Pourquoi montrer ta face blême ?
Lune, pourquoi briller ce soir ?
Quand tu parais, l'enfant que j'aime
Craint toujours de se laisser voir.
Les blancs rayons de ta lumière
La montreraient sur mes genoux...
Et l'on irait dire à sa mère :
Votre fille a des rendez-vous.

Je pourrai presser son corsage,
Je pourrai toucher ses cheveux,
Si tu te mets dans le nuage
Qui traverse l'air pur des cieux.
Ne sois pas sourde à ma prière :
Cache-toi, lune, cache-toi !...
Elle aime la nuit, le mystère,
Quand son cœur la conduit vers moi !...

Je t'aurai dans ma poésie,
Je t'aurai dans son doux regard,
Si tu mets ta tête jolie
Dans l'enveloppe du brouillard.
Ta lumière encore étincelle
Sur le feuillage de nos bois...
Disparais ; je l'entends ; c'est elle !
Des fleurs couvrent ses jolis doigts !...

Remercîment.

A M. Charles TESTUT

Quand le rêve, effrayé par les maux de la terre,
Abandonnait Latil sur son lit de misère,
Quand le vent lui prenait sa couronne de fleurs
Pour la semer au loin... votre âme avait des pleurs !...

A peine touchait-il au doux seuil de l'enfance,
Que déjà le malheur était en sa présence ;
A ce pauvre Latil le malheur a tout pris,
Tout ! excepté les chants que son âme a nourris !...

Mon œil laissa tomber des larmes de tristesse,
Dans mon cœur j'entendis un grand bruit de détresse,
Quand vous me fîtes voir, sur le bord d'un torrent,
Un luth abandonné... le luth de Saint-Céran !...

Vous avez ennobli la page de musique
Qu'ont laissée en chemin les lyres d'Amérique ;
Moi qui chante, la nuit, perdu dans mes buissons,
Vous avez ennobli mes lugubres chansons !...

Avant que votre étoile en mon ciel fût venue,
Je n'avais pour flambeau que l'éclair de la nue !...
Ai-je droit d'espérer ? quelque rayon vermeil
Viendra-t-il m'annoncer les feux de mon soleil ?...

Le sylphe heureux de vos doux songes,
Seul gardien de votre trésor,
M'enivre de ses beaux mensonges
Et me dit d'espérer encor !...

Il a baisé l'écharpe sombre
Qui ceint mes plus chères amours,
Le tombeau qui jette son ombre
Dans la lumière de mes jours.

J'aurais eu ma part sur la terre,
Le malheur, je l'aurais vaincu,
Si celui que j'aime, mon père,
Hélas ! eût plus longtemps vécu !...

Lui dormant !... adieu le collége
Qu'il avait tant rêvé pour moi ;
Adieu la France qui protége
Les enfants placés sous sa loi !

Lui dormant !... j'allai dans l'orgie...
Et là, perdu, sans nul repos,
Je greffai les fleurs de ma vie
Sur l'arbre mort des noirs tripots !

Quand le rêve, effrayé par les maux de la terre,
Abandonnait Latil sur son lit de misère,
Quand le vent lui prenait sa corbeille de fleurs
Pour la semer au loin... votre âme avait des pleurs !...

Une Ame de l'autre Monde.

Pourquoi voyager à cette heure ?
N'as-tu donc pas une demeure
    Dans le buisson ?...
Il est temps que tu te reposes ;
Va dormir au pays des roses,
    Beau papillon !...

Demain, reviens avec l'aurore ;
Des yeux qu'un amour pur colore
    Vont t'admirer ;
Et plus d'une aimable personne
Prendra des fleurs de sa couronne,
    Pour te donner.

Quand le vent se mêle à l'orage,
L'hirondelle encore en voyage
    Jette son cri,
Et, déployant une aile agile,
Va chercher au loin, sur quelque île,
    Un doux abri.

Ne reste pas à cette place ;
Voltige plutôt dans l'espace ;
   Oui, mieux vaut fuir ;
Car il n'est point de jeune fille
Qui veuille aux plis de sa mantille
   Te voir dormir.

— « Quand je visite cette terre,
» Même sous ma forme étrangère,
   » Je ne crains rien !
» Apprends donc que je suis une âme
» Qui veut un baiser de la femme
   » Qui m'aima bien !...

» Moi, qui pour vivre encor près d'elle,
» Ai fui la demeure éternelle
   » Et le Seigneur !
» Tu veux que j'aille, à présent même,
» Dormir loin de sa voix que j'aime,
   » Loin de son cœur !...

» Sans baiser la riche dentelle
» Qui la couvre et la rend plus belle,
   » J'aurai des droits !
» Sans lui dire où va ma prière,
» Mon amour l'aura tout entière,
   » Comme autrefois !... »

Le Nautonier.

Confondons nos soupirs, confondons nos doux mots...
  Parlons, ô mon amie !
Parlons, que nos deux voix troublent les vieux échos
  De la grotte endormie.

J'ai senti sous ma main ton beau corps s'agiter
  C'est un heureux présage !...
La brise peut fraîchir, la vague peut chanter,
  Je reste sur la plage.

Qu'importe si ma nef sur les flots écumeux
  Se trouve sans pilote ?
Qu'importe ! à toi mon âme... oh ! que je suis heureux
  Avec toi dans la grotte !...

Ne crains pas aujourd'hui de me donner ton cœur,
  De me donner ta vie,
Nous n'avons pour témoins que l'ombre et la fraîcheur
  De la grotte jolie.

S'il venait en ces lieux, ce farouche vieillard
        Que tu nommes ton père,
Mon front deviendrait sombre et mon large poignard
        L'endormirait, ma chère ;

S'il venait en ces lieux nous mettre à découvert
        Son âme furibonde,
Pour lui je creuserais en un sentier désert
        Une fosse profonde !...

Ce vieillard, ce vieillard m'a refusé ta main
        En maudissant ma race...
Aussi pour ce vieillard tout sentiment humain
        De mon âme s'efface !...

Je vois comme une perle au fond de ton œil noir
        Poindre une blanche larme ;
Je vois que ton corps tremble et que mon désespoir,
        Jeune vierge, t'alarme...

Fuyons, fuyons ces bords !... à sillonner les mers
        Ma nef est toujours prête ;
Fuyons... je trouverai quelques îlots déserts
        Pour abriter ma tête !...

Haricot.

Ta fosse, ami, je la rencontre
Sans croix au milieu des buissons ;
Frère, partout où je me montre,
Je fais éclater mes chansons !...
Puisque le temps de ta folie
A nos jours est encor lié,
Laisse-moi rappeler ta vie
A ceux qui t'ont vite oublié !...
Tu n'étais pas celui qui prône
Quelques vieux parents endormis ;
Tu ne disais pas : « Près d'un trône
» Mon père fut longtemps admis !.... »
Ne laissant voir que ta démence,
Au fond de ta longue souffrance
Tu faisais dormir tes secrets !...
Oui, lorsqu'une âme de poète
Parlait à ton âme inquiète,
Ta voix ne répondait jamais !...
Et pourtant ta vie était pure
La bouche d'un vieillard m'assure :
Que l'on a connu tes regrets !
Il m'a parlé de ton rivage ;
Et pour colorer son langage,

Lui, l'interprète de tes jours,
Il m'a révélé tes amours !....
Le malheur frappa ta jeunesse :
Pieds nus, la tête dans le vent,
On te voyait passer souvent...
Qu'importe aux hommes ta détresse?...
Ton cœur fut exempt de bassesse,
A l'heure où te mordait la faim!...
Car tenant debout ton courage,
Tu n'appelais jamais l'orage
Sur la demeure du voisin...
Parle ! — Elle était donc bien gentille,
La svelte enfant, la brune fille
Pour qui ton cœur a soupiré?...
Sa bouche avait-elle un sourire,
Quand, tout bas, on venait lui dire :
« Dans votre âme Dieu s'est miré... »
Ne disait-on pas, en Bretagne,
Qu'un sylphe, égaré, sans compagne,
En la voyant danser, le soir,
Vint dormir sur son collier noir?...
Oh ! oui, la Bretonne jolie,
Elle fit monter l'incendie
Jusqu'au cœur du sylphe amoureux !...
Car, la nuit, quand la brise est pure,
L'âme du sylphe encor murmure
Des chants plaintifs, harmonieux !...
Et toi, pauvre enfant de la terre,
Toi qui n'avais que ton blason,
Aux pieds de cette beauté fière,
Tu laissas tomber ta raison!...

A mon Américaine.

Sous ta belle écharpe de soie
Lorsque ton corps frêle se ploie,
Je dis : « La sylphide des airs,
» Que le souffle d'un rêve incline,
» Peut-être a la taille moins fine
» Que celle dont parlent mes vers !... »

Que ne puis-je, même à cette heure,
Te voir errer dans la demeure
Qu'habitaient les ducs féodaux !
Là tu ferais du moyen âge
Revivre encor la grande image,
Qui dort à l'ombre des châteaux !...

Mais non ! — Que n'as-tu pour asile
Les plis du nuage mobile
Que dore un rayon du matin !
Là tu serais loin de ce monde
Où quelque épine vagabonde
Insulte à tes pieds de satin !

Puisque tu n'as rien de la terre,
Dis-moi, dis-moi, belle étrangère,
Dis-moi, n'es-tu pas la willis
Qui, dans ses formes vaporeuses,
Etouffe les âmes rêveuses
Là-bas, au bord des grands taillis?...

Lubie.

La tempête mugit ! — On dirait qu'au passage
La lune va heurter quelque sombre nuage !...
L'étoile, n'aimant pas le feu vif de l'éclair,
Tremble pour ses rayons, qui sont pâles dans l'air !...

Il fait dans notre ciel de si tristes mélanges,
Que même les amants ont oublié leurs anges !...
Les chemins sont déserts ; pas un bandit dehors !
La femme qui se vend craint de montrer son corps !...

J'ai déjà posé sur ma tête
Mon beau chapeau de velours noir :
Vous m'accompagnerez, poète,
A travers l'ouragan, ce soir !...

Je veux que ma riche dentelle
Se livre aux caprices des vents ;
Je veux qu'une eau froide ruisselle
Dans les plis de mes vêtements !...

Je rirai de votre cavale,
Quand les efforts de la rafale
L'auront couchée au fond des trous !...
Je verrai sur l'aride plage,
Parmi les noyés du naufrage,
Des femmes chercher leurs époux !...

Mon âme aura peur du désordre
Que l'on voit dans les peupliers !...
Je verrai le chêne se tordre
Et se jeter dans les halliers !...

Je verrai l'arbre où la colombe
Montrait son aile, ce matin !...
L'arbre a-t-il écrasé la tombe
Où gémissait un orphelin ?...

Quoi ! de la pitié dans mon âme,
Lorsqu'on a craché sur ma flamme,
Lorsqu'on a ri de mes douleurs !...
O mon cœur ! redeviens avare :
Sur l'ivoire de ma guitare
Mon amant ne met plus de fleurs !...

Je verrai la rouge étincelle
Se promener dans le vent noir...
Cette nuit d'orage est si belle,
Que je voudrais toujours la voir !...

NOTES

Mariquita la Calentura (*)

Page 15.

« Mariquita la Calentura, ainsi nommée par tous les gamins des rues, a passé par toutes les phases de la vie. Sortie d'une famille espagnole d'un rang distingué, on dit qu'elle a joué dans son jeune âge le rôle d'une femme galante de haut parage. Belle comme les amours, elle a eu la position la plus heureuse. Des joies les plus exquises, elle a alternativement passé aux situations les plus tragiques et les plus étonnantes. Accablée de malheurs après avoir bu à la coupe divine, elle est devenue folle, elle a succombé à une affreuse misère. Nous ne pouvons en dire plus sur cette femme. Cependant son histoire vaudrait la peine d'être écrite. »

(L'Orléanais.)

Eugène B...

Page 17.

Eugène B..., qui était un de mes intimes, mit fin à ses jours dans la nuit du 27 au 28 juin 1838, et à l'âge de dix-sept ans. — Pauvre Eugène !

(*) Dénomination que les enfants donnaient à Mariquita.

Le général Magloire d'Hoquincourt.

Page 47.

Le souvenir de d'Hoquincourt vivra longtemps à la Nouvelle-Orléans. Conteur aimable, il disait avec bonheur que lui, prince du sang, il irait un jour au pays de ses aïeux ramasser la couronne d'or que son père avait eu le malheur de laisser tomber sur un champ de bataille.

Si d'Hoquincourt se mettait toujours au-dessus des insultes que lui adressaient les gamins de nos rues, Escarpin n'en agissait pas de même ; ce fou ne jouissait réellement que lorsqu'il avait à lutter contre eux. Puis, la lutte terminée, il jetait sa chanson aux échos de la rue : « Escarpin a remporté la victoire. »

Multiflora.

Page 55.

Le multiflora, autrefois si commun dans nos jardins, ne vit plus que comme souvenir. — Mes amis, quand je ne serai plus, faites monter le multiflora sur ma tombe : cette fleur me rappelle mon enfance.

Haricot.

Page 85.

Issu d'une famille noble des environs de Nantes, il vint en Amérique avec ce nom d'emprunt : HARICOT.

Diane de Poitiers.

Page 9.

« Nous appelons l'attention de nos lecteurs sur la pièce de vers qui suit ; elle est signée d'un nom aimé du public, et surtout d'un nom justement approuvé. Peut-être ne ne serait-il pas convenable que nous fissions l'éloge des poésies que nous imprimons ; nous nous abstiendrons donc de toute réflexion. Le sentiment, la jeunesse et le cœur que Diane de Poitiers respire, parleront plus haut et mieux que nos commentaires. »

(L'Orléanais.)

TABLE

Bordeaux. — Imprimerie Nouvelle A. BELLIER, 16, rue Cabirol.

www.ingramcontent.com/pod-product-compliance
Lightning Source LLC
Chambersburg PA
CBHW060438260626
47161CB00005B/1977